비가오면 너와 나는

이혜선 지음

FOREST WHALE

목 차

프롤로그 _5

비와 시간 그 사이의 소녀 _6
초능력, 절망의 시작 _10
신비로운 아이 _16
비, 그리고 소년과 소녀 _26
윤슬과 닮은 너 _34
마녀도 사랑에 빠질 수 있나요 _37
꽃마리 _44
최 명 _48
둘이서 나란히 _49
진심이야 _52
수학여행 속 새로운 결실 _54
마녀입니다 _61
새로운 삶 _64

프롤로그

너와 함께한 시간은 내게 행복이었고
사랑으로 남았다.
너와 함께한 시간은 네게 불행이었고
여운으로 남았다.
하지만 우리가 서로를 향한 마음을 지닌 건
변하지 않아.

비와 시간
그 사이의 소녀

'행복마을... 뭐 여기 있으면 행복해지기라도 한다는 걸까? 달님도 못 해준 걸 참도 해주겠다.'

속으로는 여전히 불만을 품고 있었지만 시골 마을 중 가장 강수량이 많아 문제가 된다는 이곳에 온 건 어쩔 수 없는 선택이었다.

마음에 안 드는 게 한두 개가 아니라는 것이 문제였지만.

하지만 그중에서도 가장 큰 문제는 이 마을의 대표 단어가 행복일 것이라는거다.

그렇지 않고서야 어떻게 전학 온 학교 이름까지

행복 학교겠는가. 정말 최악이었다. 행복은 개뿔. 보통이라도 가면 그걸로도 족하지.

 짐을 다 풀지도 않고 새집에 도착하자마자 바닥에 널브러져 많은 걱정들을 쏟아냈다. 여기서도 사람들에게 피해를 끼치면 어떻게 하지, 이제는 정말 혼자일 텐데... 이런저런 고민을 하다 잠든 나는 짐 정리도 다 하지 못한 채 어둠 속으로 빠져든다.

 며칠 전부터 계속되던 악몽과 함께 늦은 아침을 맞이했고 찝찝함에 바로 침대에서 일어나 나만의 루틴을 시작했다. 이러한 불행 속에서도 바뀌지 않는 내 루틴은 외출 전 팔토시 착용과 선크림 바르기. 생각보다 별게 아닐 수 있지만 내게는 중요한 루틴 중 하나였다.

 그리고 누군가 내게 피부를 중요시 여기냐고 한다면 완전히 내 노림수에 걸려든 것이다.

 이렇게 해야지만 내 손목 속 수많은 상처가 가려졌기에 나는 이런 컨셉을 귀찮아도 지속할 수밖에 없었다.

'아 비가..'

강수량이 가장 높은 마을이라더니 일어나자마자 바로 비가 왔다.

하지만 그 비는 '나'에게만 내리는 비.

모두가 멈춘 시간 속 준비를 마치고 우산을 꺼내 들어 동네를 살펴보았다.

10분쯤 걸었을까 드디어 내일부터 다니게 될 행복 학교가 보였고 그곳에 서서 멍하니 학교를 바라보고 있었다.

그런데.

"어어?! 거기! 잠시만 기다려! 너 방금 움직인 거 맞지?"

이제는 환청까지 들리나. 나만 움직일 수 있는 시간 속에서 어떠한 소리가 들리다니. 나도 이제는 정말 미친 게 분명하다. 몇분을 거기서 멍을 때리다 보니 정신을 놓고 있었다.

'하...쓸데없이 희망 갖지 말고 가자. 이제는 환청까지 들리다니...'
"야! 내가 멈추랬잖아"

숨이 차오른 목소리에 뒤를 돌아보니 처음 보는 남자애가 서 있었다.

"허억...헉... 야... 드디어 움직이는 사람을 찾았네..."

너무 황당해 말을 잊지 못했다. 왜... 어째서... 움직일 수 있는거지? 넌 대체 뭔데?

그게 그 애와 나의 첫만남이었다.

초능력,
절망의 시작

 18살의 시작과 함께, 몇 달 전부터 내게는 이상한 능력이 생겨버렸다. 새해가 된 후 처음 비가 올 때 이 세계가 나를 지목한 듯 내게만 그런 능력이 생겨버렸다. 그것은 마치 벌이라도 내리려는 듯 나를 어둠 속으로 빠뜨렸고 나를 절망으로 집어넣기에도 충분했다. 이제부터 그 이야기의 서막이 시작되려는 듯하다.

"야 오늘 비 온대. 우산 챙겼냐?"
"당연하지. 나 준비성은 좋잖아~"

아직은 쌀쌀한 날씨가 지속되고 있었지만 첫 비가 내린다는 소식에 아침부터 늦은 상태로 급히 우산을 챙겨 나온 정신없는 하루의 시작이었다.

수미상관 구조가 여기서 발동하는 걸까. 아침부터 정신이 없어서 그런지 하루 종일 사람들에게 시달리며 아침보다도 정신없는 하루가 지속되었다. 오늘따라 심부름을 시키시는 선생님들, 물건을 빌려달라는 친구들까지. 여기서 그치면 좋았겠지만 내게는 더 큰 문제가 기다리고 있었다. 어쩌면 평생 나를 정신없게 만들만한 문제가.

6교시의 시작과 함께 내 인생에는 예상치 못한 큰 장애물이 나타났다.

"으음...잘잤다...벌써 종쳤어? 어? 비 오네. 야 비 오는데 쌤한테 무서운 얘기라도....?"

말이 안 됐기에, 나무나 충격을 받았기에 아직도 생생히 기억난다.

나를 제외한 모두가 시멘트로 고정시켜 놓은 듯

굳어 움직이질 않았고 그 누구도 눈을 깜빡이지 않았다. 나 또한 충격에 굳어있으니 그 순간 움직이던 것은 오로지 저 비 하나뿐이었겠지.

 10분 정도 냉정하게 생각해 보았지만 이게 시간이 멈춘 게 아니라면 그 무엇으로도 설명이 되지 않았다. 게다가 가장 큰 문제는 빗물이 땅에 흡수되지 않고 그대로 고이다 사라지고를 반복한다는 것. 한순간의 이상 현상이라면 모를까 이것이 계속해서 지속된다면 서울의 땅은 갈라지고 무더위가 지속돼 사람들이 피해를 입을 것이다. 만화 영화에서만 보던 것이 현실로 벌어지니 처음에는 무척이나 당황하였지만 5분이 지나고 10분이 지나고...시간이 흐르다 보니 냉정해질 수 있었다.

 '비가 오면 시간이 멈추는 건가. 그럼 이제 어떻게 하지. 사람이 적은 마을로 이사를 가야 하나.'

 30분이 지나자 비는 서서히 그쳐갔고 굳어있던 아이들은 하나둘 움직임을 되찾았다.

"어? 뭐야 너 언제 깼냐. 안 그래도 종쳐서 깨우려 했는데"

"야 아까 비 온거 못 봤어?"

"엥 웬 비. 오늘 비 온다고는 했는데 아직 안 왔어. 꿈이라도 꿨냐?"

"그런가 봐...그랬으면 좋겠네"

꿈이었으면 좋았을 이 이상 현상은 하교 중 갑자기 내린 소나기로 인해 한 번 더 재현되었다.

이제 확실해진 것이다. 비가 올 때마다 내게만 시간이 멈춘다.

이 상태로 이사 한번 없이 초여름까지 지속하다 보니 서울은 비가 오지 않아 항시 폭염주의보와 열대야가 발생하였고 사람들의 일상에 문제가 생기기 시작했다. 그렇게 며칠을 지내니 더 이상 서울에 발을 붙이고 있을 수 없었고 작은 마을을 검색하던 중 강수량이 많아 문제라는 행복 마을을 찾아내는 데 성공하였다.

그 이후부터는 간단했다. 아빠에게 전화를 걸어 이사를 요구했고 약간의 말다툼이 있었지만, 그럭저럭 잘 풀렸다.

 '이제 짐 정리만 하면 되는구나...' 내게 서울을 떠나는 것은 어릴 적부터 아무런 선택지에도 없었기에 마음이 싱숭생숭했다.

 그러던 중 내 마음을 더욱 깊게 가라앉힐 무언가를 발견해 버렸다. 어릴 적 놀이공원에서 찍은 가족사진.

 엄마, 아빠, 나 셋 다 지금과는 다른 웃음꽃을 자연히 피워내고 있었다.

 '이럴 때가 있었는데...'

 3년 전, 아빠의 외도로 그를 너무나도 사랑했던 우리 엄마는 서서히 앓다 죽었고 기업을 운영하던 아빠는 도망치듯 해외로 떠났다. 그나마 다행인 건 나에 대한 모든 지원은 아빠가 해준다는 것이었다. 너무나도 미운 인간이었지만 지원받기 위해서는 어떻게 할 수가 없었다. 이런 집안 사정으로 인해 나는 어린 시절부터 사람들에게 정을 주지 않았고 남이 뭐라 생각하든 주변 이들에게 쌀쌀함을 유지했다.

"그래도 나 혼자 사니까 짐 쌀 건 많이 없네. 다행이다"

 이사는 속전속결로 진행되었고 나는 결국 작은 마을, 즉 행복 마을로 이사를 와 행복 학교에 오게 되었다. 그런데 이사 온 다음날 바로 이상한 애를 만나버린 것 같다.

신비로운 아이

 작고 평범한, 항상 평화로웠던 시골 마을의 농장주 아들로 태어나 부족함 없이, 누구보다도 행복하게 유년기를 보내왔다.

 그런 나를 누군가 시기했기 때문이었을까. 몇 달 전부터 마을에는 수도 없이 많은 비가 내리기 시작했고 우리 가족뿐만 아니라 마을 사람들 전체가 힘들어지기 시작했다. 단순한 기우의 변덕이라고만 생각했지만 이상한 점은 비가 끊임없이 내렸고 후에는 오한이 느껴지기 시작하면 그때부터 비가 내리기 시작했다. 거기서 그치지 않고 미묘한, 말로 설

명할 수 없는 힘을 쓰면 그 비들을 내가 내릴 수 있게 되었다. 뭐 믿기 힘들 테니 믿거나 말거나지만.

 근데 그렇다면 이제 멈추면 되는 거 아니냐고? 일주일에 4번 이상 비를 내리지 않으면 그다음주는 7일 연속으로 비가 내려 홍수가 난 적이 있었다.

 마을의 대부분의 농작물이 떠내려갔고 비닐하우스는 물론 몇몇 집들까지도 물에 잠겨 사람들이 실종되기 시작 했다.

 이에 나는 항상 죄책감을 가지고 살아갔고 여러 번의 자책은 손목 속 여러 개의 빨간색의 줄들로 재탄생되었다. 이제는 습관이 돼서 바꾸지도, 지우지도 못하는 그런 줄들을 난 항상 몸에 새기고 다니며 조금이라도 행복할 때면 나의 처지를 일깨워주는 내 줄들을 바라보기만 할 뿐이었다.

 누군가가 비에 대해 불만을 토로할 때면 혼자 찔려 심장이 요동쳤고 만약 이 사실을 들키게 된다면 마을에서 쫓겨나 정처 없는 떠돌이 생활을 하게 될까 두려웠다. 마을 사람들과 친구들에게는 한없이 밝은 모습을 보여 왔지만 실상은 그렇지 않았다. 내 마음은 검붉게 물들어 있었고 그나마 화풀이의 대상이 되었던 내 팔과 휴대폰 메모장은 이미 만신창이가 되어 있었다.

[죽고 싶다. 죽어. 왜 살아. 너는 사회의 악이야. 항상 친절한 척 하는 거 역겨워. 더 이상 살고 싶지 않아.]

특히 나와 친한 애들이, 가족들이 내게 비에 대해 불평을 할때면 속이 더부룩해지고 울렁거려 숨쉬기가 불편했다.

더욱이 그날은.

"야 비 너무 많이 내리니까 진짜 지긋지긋하다"
"우리 가족도 비 때문에 농사 다 망쳤어. 요즘 제

대로 밥도 못 먹잖아. 날씨 왜 이러냐?"

"그...그러게...그래도 비 오니까 운치 있고 좋잖아?"

"운치는 개뿔. 넌 너무 긍정적이어서 탈이야~ 현실을 봐라 인아야. 지금 몇 명이 실종되고 몇십 개의 가구가 굶주리고 있는지."

"맞아. 비 좀 제발 그쳤으면 좋겠어."

"그렇지...."

현실을 자각하고 나니 숨이 벅차올랐다. 손이 저렸고 속이 울렁거렸다. 모두가 날 쳐다보며 지목하고 있는 듯 했다.

"어? 박인아 어디가! 곧 수업 시작이야!"

곧바로 화장실로 뛰어가 문을 걸어 잠근 뒤 나오지 못했던 숨을 몰아 내쉬었다.

'나 때문에...내가 죽인 사람도 있을 거야...내가 모두에게 피해를 주고 있는 거야'

그날은 수업 내용마저 머리를 타고 그대로 다시 흘러 나갔다. 아무것도에도 집중이 되지 않았고 눈에,

귀에 들어오지 않아 감각을 잃은 느낌을 받았다.

 학교가 끝난 뒤 바로 옥상으로 향했다. 아까처럼 정신없이 화장실로 향하던 때와는 다르게 이번에는 천천히 계단 하나하나를 바라보며 걸어갔다.

"죽자. 내가 죽으면 이 지긋지긋한 비도 다 끝이야"

 그렇게 올라간 옥상에는 이상하리만치 아름다운 무지개와 햇빛이 피어있었다. 너무나도 아름다워서, 몽환적이어서 이것들을 내 눈 속에 더 담아두고 싶었다. 그렇게 몇 시간이 지나는지도 모르고 옥상에 누워 하늘을 계속해서 바라보았다.

'아...계속해서 보고 싶어.'

 해가 저물며 내 눈 속에 담겼던 무지개와 햇빛이 지자 이끌리듯 다시 집으로 돌아올 수밖에 없었다. 내일도 그 하늘을 보고 싶었기에. 그렇게 며칠을 옥상에서 하늘을 감상했다. 어떻게 보면 나는 살고 싶었는지도 모르겠다. 그런 나날들을 버텨내자 내게 어떠한 기점이 생겼고, 그 기점을 중심으로 나는 다시 평범해질 수 있었다. 바로 널 만난 날.

  너무나 수업이 듣기 싫어 무서운 이야기를 잘 해주시는 선생님의 시간에 비를 내린 날이었다.

  '다들 내 덕에 쉬는 줄 알아~ ...어?'

  이건 또 무슨 일인지 모두가 움직임을 멈춘 채 시간이 흐르지 않았다.

  "얘들아...? 장난치지마~ 재미 없어... 제발... 얘들아?"

  처음에는 모두의 장난인 줄로만 알았지만 그렇다기엔 그런걸 짤 시간도 없었을뿐더러 선생님이 애들의 장난에 맞춰줬을 리가 없었다. 게다가 복도 밖의 선생님, 다른 반 아이들까지 사람들의 모든 움직임이 멈춰있었다.

  복도에서 사람을 찾아 헤매던 중 복도 창문을 보았다.

  "어...?!"

  창밖에서 누군가 움직이는 듯한 실루엣이 보였고 우산을 쓴 여자아이가 학교를 향해 걸어오고 있었다.

'쟤한테 뭐라도 물어봐야겠어.'

"야! 거기! 잠시만 기다려! 너 방금 움직인 거 맞지?"

조금의 희망을 품은 채 내가 혼자가 아니라는 위안을 받기 위해서 정문으로 뛰어갔다.

그 애가 자리를 떠나려 해서 더 빠르게 뛰느라 고생한 것만 빼면 그럭저럭 완벽했던 것 같다.

처음 본 그 애의 얼굴은 하얀 피부에 고양이상, 밤바다가 떠오르는 차가운 인상이었다. 하지만 내 감이었을 뿐이지만, 그렇게나 차가울 것 같은 아이는 내게 따스하게 느껴지기만 할 뿐이었다. 왜일까...

"안녕! 지금 다른 사람들이 다 안 움직이는데 넌 뭔지 알아?"

"...? 꿈인가. 너무 현실적인데"

"아니 진짜로! 내 말이 조금... 아니 많이 비현실적이긴 하지만 진짜 사람들이 멈췄다니까?"

"그게 문제가 아닌데. 너는 어떻게 움직이는데?"

"그건...나도 모르지...그리고 그게 문제가 아니면

뭐가 문제야. 이것보다 더 큰 문제가 있어?"

"문제라기 보다... 너가 움직일 수 있다는 게 나한테는 꽤 충격적이어서. 지금껏 움직이는 사람은 한 번도 본 적이 없거든."

"어..? 무슨소리야 그게. 그럼 지금 이게 너가 시간을 멈춘 거라는 거야?"

"오 똑똑하네. 근데 반은 맞고 반은 틀려. 내가 시간을 멈춘게 아니라 내가 있어서 시간이 멈춘 거야."

대체 무슨 말도 안 되는 소리인지...처음엔 이해조차도 가지 않았다. 하지만 내게도 비슷한 능력이 있으니 이 애에게도 나와는 결이 조금 다른 능력이 있는 게 아닐까? 그리고 그게 아니더라도 처음 보는 이 애의 말을 믿어보고 싶었다.

"이상한 애라고 생각해도 돼. 나는 네가 어떻게 움직일 수 있는지 그것만 궁금하니까."

"아니야. 믿어. 그런데 나 너 처음 보거든? 이사 왔어? 이름이 뭐야? 난 박인아야."

"어...어? 그...최 명. 외자야. 어제 이사 왔고 내일부터 이 학교에 다닐 예정이야. 나이는 18살."

"오! 신기하다! 나도 18살! 우리 같은 반 될 수도 있겠네? 친하게 지내자!"

"근데 너 이제 들어가야 할걸? 곧 비 그칠 거 같은데"

"아! 헐 내 옷은 어떡하지? 어..?"

물에 젖은 티 하나 나지 않는 옷은 어제저녁에 말린 보송함이 그대로 피부를 통해 느껴지고 있었다. 생각해보니 학교를 나와 밖에 있는 동안 비를 맞은 후 물에 젖었다는 생각은 전혀 들지 않았다.

"나는 비가 오면 시간을 멈추게 할 수 있고 그 비는 증발돼서 없어져. 그래서 네 옷도 멀쩡한 거야. 나는 잠깐이라도 비와 접촉하는게 싫어서 우산을 쓰고 있는 거고."

"말이 되는 거야..?"

"그래서 이상한 애라고 생각하랬잖아. 말이 안 되

니까."

"아니야...믿을게. 아! 비 그친다! 그럼 내일 봐!"

나보다도 특이한 능력을 가진 애가 있었다. 믿을 수가 없었지만 지금은 그것보다도 수업에 늦어 내 능력에 대해 어떠한 단서라도 남길까 그게 더 걱정되어 급하게 교실로 뛰어갈 뿐이었다.

비, 그리고
소년과 소녀

 그 애를 보고 가장 당황한 순간은 나를 믿는다고 했을 때이다. 그동안 그 누구도, 가장 친밀했던 이도 믿지 않았던 것을 처음 본, 그것도 동갑인 애가 믿다니. 쟤도 참 특이하다고 생각을 하며 우산을 그대로 쓴 채 마을을 한 바퀴 둘러보았다. 우산을 내리면 방금 그친 비 때문에 맑아진 햇볕이 나를 쏘아붙일 것이 분명했기에 비가 그쳤어도 우산은 절대 내리지 않았다.

 '내가 비를 싫어하니까 햇볕도 날 싫어하는 걸까?'
 마을은 비가 너무 많이 와서 곡물들이 시들했고

비닐하우스가 망가진 것만 빼면 이상하리만치 평화로웠다. 그 난리 속에서 모두가 웃고 있었고 오늘은 비가 안 온다며 좋아하는 모습을 보니 이질감이 느껴졌다.

'처음부터 이런 마을에서 태어나 자랐다면 어땠을까.'

쓸데없는 고민이었다. 이미 돌이킬 수도 없는 거 이제와 뭘 어쩌겠는가. 이런저런 생각들의 그물속에 잡혀가던 중 마을 주민 할아버지의 말에 그물은 찢겼다.

"아가씨~ 이사 왔어? 이것 좀 먹어봐 방금 갓 딴 건데 달달해~ 씻어줄 테니까 조금만 기다려~"

"네..?"

강제로 손에 쥐어진 수박 한 조각에 무척이나 당황했지만, 한입 베어 무는 순간 지금까지 했던 모든 고민이 날아가는 듯했다.

"와... 이거 엄청 달아요."

"그치? 자주 놀러와~ 많이 줄게!"

"네 감사합니다"

처음 느껴보는 진심 어린 호의에 마음이 방금 먹은 수박처럼 달달해졌다.

그렇게 한 밭이 나올 때마다 대부분의 사람들이 똑같은 질문을 하며 과일, 농작물을 맛보여주었고 집에 돌아오자 양손 가득 과일이 들려 우산은 접어둔 상태였다.

'그 애도 이 마을을 닮았구나...'

아까전 보았던 그 애가 문뜩 생각이나 웃음이 나왔다.

행복마을과 잘 어울리는 마을 사람들. 왜 마을 이름이 행복마을인지 알 것 같았다.

오랜만에 악몽을 꾸지 않아 개운하게 일어날 수 있었다. 새로운 교복에 팔토시를 하고 선크림을 전보다 두껍게 바른 후 집을 나섰다.

"이쪽은 서울에서 전학 온 최 명이다. 다들 마을

소개도 해주고 적응할 수 있게 도와주도록."

 예상했던 대로 애들은 예민한 내 귀를 울리며 시끄럽게 수군댔다. 어느 쪽은 서울에서 왔다고 피부에 유세를 떤다, 어느 쪽은 친해지고 싶다...이런 반응들 정말 원하지 않았는데. 그저 조용히 학교에 다니고 싶을 뿐이었는데..

 그런데 그때 어제 그 애의 예언이 맞기라도 한 듯 다시 한번 박인아를 보게 되었다.

"어? 명아! 여기 앉아!"

"엥? 인아~ 너 쟤 알아?"

"어..? 그... 어제 동네 돌다가 만났어!"

"아 쟤가 걔구나? 우리 할아버지가 어제 봤다던 서울애"

 시끄럽다. 다 조용해줬으면. 자연스럽게 얼굴이 구겨졌다.

 그 순간 어떻게 타이밍을 맞춘 건지 비가 오기 시작했고 침묵이 시작돼 고요가 찾아왔다.

"너 표정 너무 안 좋은 거 아냐? 내가 비 내렸어. 뭐 너 말대로라면 이것도 믿거나 말거나. 사실 이 마을에 비가 계속 오는 건 나 때문이었거든. 나는 비를 내릴 수 있어."

"아... 그랬구나. 그래서 나를 한 번에 믿는다 했구나"

"뭐.. 그치. 안 그랬어도 믿었겠지만"

"뭐?"

"네가 거짓말 할 애처럼은 보이지 않았어. 내 감은 정확하니까"

웃는 그 애의 미소가 어째서 소용돌이치던 내 마음을 진정시켜 주는 걸까. 어째서 마음이 녹아내리는 걸까.

자연스레 가방을 내려놓은 뒤 박인아의 옆자리에 앉았고 비가 오는 동안 서로에 대해 알아가는 시간을 갖게 되었다.

"왜 옆자리 비워뒀어? 너 인기 많은 거 같던데"

"누가 내 옆에 앉는게 싫어서. 사람 좋아하는 건

맞는데 시끄러운 건 또 싫더라"

"나는 괜찮고?"

"응. 내 감이 그렇거든"

또 한 번, 내 심장이 녹아내렸다. 너의 웃는 모습이 뭐길래 내가 이러는 걸까? 너에 대해 궁금해지기 시작했다.

"너는 비 올 때마다 뭐했어?"

"뭘 해? 그냥 엎드려서 아무것도 안 듣고 보지도 않았어"

"헐...비가 얼마나 재밌는데. 따라와"

"어..?"

그대로 박인아의 손에 끌려 학교 밖으로 나왔고 우산 없이 비를 맞은 건 처음인듯했다.

나를 보며 물을 튀기는 너. 원래라면 정말 싫어했을 행동이었지만 그 애와 함께하니 그것마저도 새롭고 즐거웠다. 우리는 서로 고이는 빗물을 끼얹었고 물웅덩이를 발로 밟고 뛰며 시간이 가는 줄도 모르고 비를 즐겼다. 또한 비가 그치기 전 빠르게 교실로 올라가는 그 순간까지도 너무 재밌어 추억으로 남아버렸다.

그날 이후로 나는 비를 피하지 않았다. 아니 오히려 즐겼다.

"명아! 얼른 와! 이것 봐 조개 너무 예쁘지 않아?"

처음 박인아와 바다로 놀러 갔을 때 비를 정통으로 맞으면서 물속으로 뛰어 들어갔다. 아무리 여름이라지만 차가웠던 바닷물에 놀라 허우적거리고 적응이 됐을 때쯤에는 서로 물장구를 치며 맨발로 모래사장을 밟기도 했다. 바닷물에 옷은 축축했지만 그것이 찝찝함으로 이어지진 않았다.

그렇게 너의 밝은 목소리는 나의 마음을 울렸고 나의 심장을 요동치게 했다. 너와 있으면 모든게 즐거워 세상이 환하게 빛을 내었다.

빗방울이 스며드는 파도의 모습을 보며 나도 저 유체들과 함께 바다를 유영하고 싶다는 생각이 들었다. 아무런 시선도 느껴지지 않을 것이고 만약 느껴진다 해도 그것은 비난이 아닐 것이다. 세계 속으로 유영하고 싶었다. 자유형으로 물살을 가르며 나만의 길을 자유롭게 개척해 나가고 싶었다.

"있잖아. 나 요즘 너무 행복하다? 그래서 불안해. 또 언제 다시 불행해질 지 모르잖아. 그때의 나는 버틸 수 있을까?"

"내가 있잖아. 도와줄게."

다시 한번 심장이 내려앉았고 너의 그 한마디에 내 걱정이 녹아내렸다. 모든걸 믿고 맡겨도 될 것 같은 목소리에 마음이 따뜻해져 코코아를 마신 듯 달콤하고도 따뜻한 기분이 들었다.

이렇게 마냥 즐거운 일이 쌓여 최근 들어 가장 행복한 날들이 계속되었다. 하지만 안타깝게도 그 행복은 그리 오래가지는 않았고 나는 내가 이렇게까지 남들의 시선을 신경 쓰는지 알지도 못했다.

윤슬과
닮은 너

 명이를 처음 봤을 때는 그저 나보다도 힘든 아이. 그렇지만 그 덕에 나의 힘듦이 해결되어 가고 있는 고마운 아이로만 생각했다. 그 아이의 아픔은 제대로 생각해 보지도 않고. 처음에는 동정이었다. 나도 이렇게 힘든데 저 애는 얼마나 힘들까 하는 동정. 하지만 예상외로 그 애는 나보다 강했다. 사람들의 시선을 신경 쓰지 않는 것 같았고 혼자 묵묵히 자신의 일을 해내 왔다. 그런 모습에 동정은 비슷한 단어인 동경으로 바뀌었던 것 같다. 그렇게 멋있는 아이의 미소를 보고 싶었고 그 애를 행복하게 만들어주고 싶었다.

 비를 내리게 한 날 그 애와 바다에 놀러 가 마음껏 물장구를 치며 놀았다. 서로의 손도장을 축축한 모래 위에 찍기도 하고 모래 속 숨겨진 보물을 찾듯이 조개껍질을 주웠다. 다행히도 실을 가져왔기에 그 자리에서 명이에게 조개껍질로 만든 목걸이를 선물 할 수 있었다. 엄청난 반응을 바라지도, 원하지도 않았지만 이런 걸 처음 보기라도 한 듯 눈을 반짝이며 설렘으로 가득 차 있는 목소리를 내게 내보였을 때는 나까지 미소가 지어졌다. 처음 예상했던 것과 같이 이 애는 차가운 사람이 아니었다. 하지만 그 따스함을 정작 자기 자신은 모르는 듯하였다. 그래서 그렇게 너 자신을 사랑하지 못한 거니?

 물에 젖어 비친 그 애의 손목에는 여러 개의 상처가 보였고 그런 모습이 나와 겹쳐 보여 안쓰러웠지만 티를 내지 않고 좋은 추억을 쌓아주려 노력했다. 비가 파도에 휩쓸리는 모습을 보니 신비로운 느낌을 자아내었고 그런 모습이 명이와 닮아있었다. 굳건히 떨어지는 빗방울이지만 파도에 휩쓸리는 모습이, 그런 위태로워 보이는 모습이 너를 닮았다.

 네가 행복했으면 좋겠어 명아. 네가 너의 행복만 신경 써주었으면 좋겠어. 어느 순간부터 나의 관심사는 네가 되어있었다. 이것도 동경의 일종일까?

마녀도 사랑에
빠질 수 있나요

 처음부터 반 애들과의 사이는 그리 좋지 않았다. 원래 지닌 차가운 성격은 서울에서 와 유난을 떠는 거라고 소문이 나 있었고 자기들과는 다른 하얀 피부로 인아를 꼬신거라 해댔다. 특히 원효원네 무리. 걔들은 틈만 나면 나와 인아를 갈라놓으려 했고 인아가 없을 때는 나를 비꼬며 조롱거리로 만들었다.
 사이가 좋던 마을 사람들과도 서서히 틀어지기 시작했다. 처음 내게 상냥하게 웃으며 과일을 주고 내 덕에 비가 오지 않는다고 할 때와는 딴판으로 더 이상 몇 주째 비가 오지 않자 그것을 내 탓으로 돌리며 마녀라 칭하기 시작했다. 마녀사냥의 시작이었다.

비가 너무 많이 와 문제가 되었다가 이제는 비가 너무 안와 문제가 되니 사람들은 더욱 스트레스를 받았고 안타깝게도 나는 사람들의 화풀이 대상이 되어있었다.

어디를 가도 환영받지 못하는 내가 사라져야만 이 상황이 끝날 것 같았다.

'아... 이제는 정말 너무 지쳐...'

학교에 갈 때마다 들리는 비꼬는 말들과 시선.

동네를 돌 때마다 들리는 안 좋은 소문과 시선.

정말이지 너무나도 싫었고 그렇기에 삶에 싫증이 났다.

'하... 하하하...그냥 내가 죽어야 끝나는 거지?'

충동적으로 학교 옥상으로 올라갔다. 딱히 죽을 생각은 아니었지만, 옥상 너머 풍경을 바라보며 이런 충동적인 마음을 식히고 싶었다.

잠겨있을줄 알았던 옥상 문을 있는 힘껏 밀자 문이 큰 소리와 함께 열렸고 그곳엔,

"...? 박인아? 네가 왜 여기 있어"

"가끔 사람들 시선을 피하기엔 옥상이 최고야. 꽤 좋거든."

"아 그래? 좋은 시간 보내."

"어딜가. 나랑 같이 앉아 있자"

처음 보는 박인아의 따스하면서도 어딘가 차가운 표정에 놀라기도 했지만, 그 제안 자체가 나쁘지만은 않았다.

"명아. 나 사실 네 생각만큼 그리 밝은 사람은 아니다? 요즘 나 바람막이 벗은 거 본 적 있어? 너랑 똑같아. 네 팔토시 안쪽이랑 말이야. 그래도 죽을 생각까지는 안 해봤어. 삶에 미련이 너무 남았거든. 너는 안 그래?"

"나는...아니 잠시만. 너도 그럼..."

"자해는 너 오기 전부터 해왔어. 여름에는 티가

너무 많이 나서 겨울에 주로 하다가 최근에 날이 다시 쌀쌀해지니까 시작한 거야."

"아...근데 왜 나한테 그런 얘기를 하는거야?"

"명아, 나랑 같이 이 세계 속에서 공존해 주면 안 될까? 네가 무슨 생각으로 옥상에 올라왔는지 알 것 같아서 마음이 아파. 마을 사람들과 애들이 네게 하는 짓들도 알고 있었고. 도와주지 못해서 미안해."

"그건 뭐...나였어도 그랬을 거야. 근데 네 생각처럼 나 죽으려고 온 건 아니었어. 그냥 풍경 좀 보고 싶어서. 그런데 네 말을 들으니까 왜 이런 생각이 들까. 너있잖아 나 살리려는 이유가 뭐야? 내가 있어야 네가 평범해질 수 있어서? 난 왜 그걸로만 들리지."

"뭐...? 제발 명아... 무슨 소리야. 나는 내게 능력이 있든 없든 상관없어. 우리 마을 사람들 지금까지 그런 일들이 있어도 잘 살아왔는걸. 그리고 네가 질타를 받을 때면 내가 대신해서 받고 싶다는 생각을 하기도 해."

"굳이 그렇게까지 하는 이유가 뭔데? 내 입장을 이해해 주려면 그냥 놔둬야 하는 거 아니야? 나 진짜 힘들어. 알잖아. 이젠 그만 끝내고 싶기도 해."

"네가 얼마나 힘이 들었을지 감도 안 잡힐 정도로 많이 힘들었겠지. 나도 이렇게 힘든데 너는 얼마나 힘들었겠어."

그리고는 인아는 내게 밴드 몇 개와 연고를 건넸다.

"흉 지면 안 되잖아. 잘 바르고 붙여. 알겠지?"

또 한 번 웃으며 말하는 그 애의 표정에는 어딘가 쓸쓸함이 동화되어 보였다.

"나랑 같이 내려가자 이제. 집 앞까지 데려다줄게"

"혼자 갈 수 있어."

이런 삐뚤어진 마음은 모든걸 부정적으로 바라볼 수밖에 없게 만들었다. 그래서 박인아에게 못할 말들을 해버렸고 서둘러 그 자리를 회피하듯 집으로 향했다. 나를 따라와 내 옆을 묵묵히 지켜준 박인아 덕에 집에 오면서 사람들의 질책은 피할 수 있었지만 안 어울리는 그림이었기에 사람들의 수군거림은 피할 수 없었다.

"이제 다 왔어. 데려다줘서 고마워"

"뭘 이정도 가지고. 그리고 나 정말 내 이익을 위해 널 살리려 했던 게 아니야. 그렇게 느꼈다면 미안해."

"아니야. 그렇게 생각한 내 잘못이야. 미안해 그냥 오늘따라 기분이 안 좋아서 그랬어. 답답하기도 하고"

"... 그럼 우리 내일 뒷산 갈래? 어차피 주말이고 거기 정상이 진짜 예쁘거든. 숨통이 탁 트이는 느낌이야."

"뭐 그래. 근데 너는 나랑 이렇게 다니는 거 괜찮아? 다들 이상하게 쳐다보잖아."

"뭐 어때. 난 괜찮아. 너 말고 나를 제대로 이해해

줄 사람도 없고. 너도 마찬가지잖아? 그리고 정상에서 소리 한번 지르면 진짜 개운해진다?"

"소리 지르는 건 보류할게. 안 갈 거야? 나 먼저 간다"

"어어? 그.. 내일봐!"

꽃마리

 산 입구에 가니 이미 박인아가 도착해 있었다.
 "와 만반의 준비를 했네? 모자에 선글라스에 선크림은 얼마나 바른거야? 너 내가 장담하는데 이따 그거 다 벗을걸?"
 "얘네 나랑 한 몸이나 다름없거든? 그럴 일 없어."
 멀리서 보았을 땐 작아 보였던 산이 지금은 가장 높게 느껴진다. 땡볕에서 처음 올라서 본 산은 생각 이상으로 고난 그 자체였다.
 박인아의 말처럼 이미 모자와 선글라스는 벗은 지 한참이었고 땀이 계속해서 나 선크림조차 다 녹아버릴 것 같았다.

"다 왔어! 봐봐 엄청 예쁘지? 나는 틀리지 않는다니까? 그리고 너 선글라스하고 모자 벗은 것도 맞추고! 히히"

"허억...헉.. 조...용히 좀 해...숨 좀 고르자.."

숨을 고르기 위해 고개를 들자 맑고 푸른, 영롱한 하늘이 내 앞에 다가와 있었다. 너무나 아름다워 계속해서 담아두고 싶은, 그런 하늘이었다.

"예쁘다..."

"그치? 엄청 예쁘지? 아 이거!"

박인아는 내게 어린아이들이 그릴만한, 동글동글하게 생긴 꽃 한 송이를 주었다.

"꽃마리야. 나를 잊지 말아요 라는 꽃말을 가지고 있어. 내가 가장 좋아하는 꽃이기도 해. 단순하게 생긴 것도 마음에 들고"

"나한테 주는 거야?"

"응. 너도 나를 잊지 않았으면 좋겠어."

"이 시간들이 어떻게 기억에 안 남겠어. 고마워, 선물."

산 위에 앉아 우리는 서로의 머리에 계란을 부딪쳐 깨며 웃기도 하고 가져온 과일을 먹었다. 산 위에서 먹는 과일은 처음 이곳에 와서 맛보았던 수박만큼이나 달았고 이 시간도 내게는 달콤한 일상이었다.

"고마워. 나한테 이런 행복을 가르쳐줘서"

"나야말로 나 놀아줘서 고맙지."

내려갈 때는 올라올 때 보다 천천히, 호흡을 가다듬으며 내려왔고 개운한 느낌이 온몸으로 전해졌다.

"벌써 내일이 월요일이라니 명아! 우리 같이 등교할래? 보니까 우리 둘 집 엄청 멀지도 않잖아"

"그래. 같이 가자"

아마 이때 나는 등산으로 개운해진 마음에 아무

생각 없이 이 제안을 승낙했던것 같다. 그랬으면 안 됐는데.

최 면

 옥상에서의 말은 실수였다. 절대 그런 의도가 없었는데...너의 슬퍼하는 눈빛에 마음이 아팠고 나를 피하는 모습에 기분이 좋지 않았다. 벌써 내 세계는 너로 가득 찼나 보다.

 다음날 등산을 하며 바라본 너는 처음으로 머리를 질끈 묶고 열심히 산을 올랐다. 보통 여자애들이라면 절반쯤 와서 포기했는데 너는 그러지 않았다. 그런 너의 모습에서, 태도에서 나는 네게 점점 빠져들고 있었다.

 아, 존경이 사랑으로 변한 걸까.

둘이서 나란히

"올~ 뭐야? 너랑 최 명이 왜 같이 들어오냐? 너희 설마 사겨?"

박인아와 함께 등교 하자마자 들은 소리는 생각보다 그리 나쁘지 않았다.

"뭐래. 명이 불편해하잖아."

"근데 넌 최 명 어디가 좋아서 같이 다니냐? 음침하기만 한데"

맞는 말이라 딱히 대꾸도 하지 않았다. 박인아가 나와 어울리는 아이는 아니었으니 그렇게 생각할 만도 했다. 그런데 너는 내가 당연히 여기던 나를 향한 악담을 당연하게 여기지 않았다.

"말 다했냐? 선 넘지 마. 당사자 앞에서 뭔 그딴소리를 지껄여"

"너 지금 나한테 화낸 거야? 와 우리 인아가 화를 내요 여러분~"

그순간, 쏴아아 비가 내렸다. 네가 내린걸까?

"미안... 진정 좀 해야겠어서"

"그래. 근데 앞으로는 이런 일 있을 때 그냥 넘겨. 나 때문에 굳이 싸우는 것도 싫고 이제 익숙해서 괜찮아"

"너 아직 18살이야. 어른들도 익숙해지기 힘든 걸 네가 혼자 어떻게 감당하고 익숙해질 건데. 그리고 너도 참지 좀 마. 안 답답해? 난 너를 위해 이렇게까지 하는데..."

"박인아, 그만해 누가 언제 그런 거 원했대?"

이렇게까지 뭐라 할 생각은 아니었지만 내 본래 성격이 드러나고 말았다. 그리고 너의 다음 말은 내 속을 일렁이게 했다.

"나만 비참해져..."

 그 말을 끝으로 우리는 침묵속에서 서로를 방관했고 비가 그친 후에는 다시 장난기가 많은 박인아로 돌아가 친구들을 상대하였다. 내게는 아무 말도 건네지 않았지만 그래도 네가 내 신경을 조금이라도 쓰고 있길 바랐다. 내가 그러는 것처럼 네가 나를 조금이라도 바라봐주길 바랐다. 마침 우리는 눈이 마주쳤고 너와 몇초라도 눈을 맞대고 싶었지만 너는 곧바로 내 눈을 피해 창가로 눈을 돌렸고 나는 그런 박인아의 행동에 가슴이 미어지듯 아파왔다.

 어...? 내가 왜 이러지

진심이야

처음부터 명이를 이렇게까지 몰아붙일 생각은 없었다. 하지만 나는 명이를 위한 최선의 선택을 하고 있었고 그걸 몰라주는, 오히려 악이라 칭하는 명에게 순간적인 분노가 밀려와 말들을 마구 쏟아낼 수밖에 없었다.

분노를 삭히기 위해 비를 내렸고 우리는 어색한 침묵만을 유지했다.

비가 그치고 처음 눈이 마주친 순간, 너무 갑작스러운 순간이었기에 그 예쁜 눈을 피할 수 밖에 없었다.

'으으... 명이한테 뭐라 사과하지..'

그런 고민도 한 순간이었다. 의외로 명은 내게 먼저 다가와 말을 걸었다.

"심하게 말해서 미안. 내 원래 성격이 이래서 그래"

"아냐 괜찮아. 나도 몰아붙여서 미안해."

어색한 웃음 뒤 우리는 서로를 향해 진심 어린 미소를 지었다. 너와 함께해서 다행이야 명아.

역시 나는 너를...

수학여행 속
새로운 결실

"자자 애들아. 저번에 산 탔을 때 힘들었다는 민원이 너무 많았어. 그래서 이번에는 근처 바다로 간다. 다들 몸조리 잘하고 내일 보자"
'수학여행... 역시 안 가는게 나으려나.'
"명아! 넌 내 옆자리다!"
"어..? 나 아직 갈지도 안정했는데"
"뭐래~ 가야지! 안 가면 나 진짜 서운한데"
"그... 일단 알겠어"
"진짜지? 내일 보자!"
평소와 같았던 며칠이 지나고 수학여행 당일이

찾아왔다.

 우산, 팔토시, 선크림, 몇몇 생활용품을 빼면 완전히 평범한 학생의 가방이었다. 걔들의 장난만 아니었다면.

 잠시 가방을 바닥에 대충 놔둔 뒤 선생님의 심부름을 갔다 왔다. 무언가 싸한 분위기에 무슨 일이 있었나 했지만 대수롭지 않게 넘긴 뒤 가방 검사를 위해 선생님의 앞에 서자 나온 것은 다름 아닌 술. 당황스러운 마음에 아무 말도 하지 못하고 바닥만 내려다보며 무슨 말을 해야 할지 단어들을 정리하고 있었다.

"쟤 저럴 줄 알았어~ 혼자 고고한 척은 다하더니 결국 술이네? 역시는 역시다"

"그러니까. 쟤 처음부터 싸하다 했어"

 애들의 수군대는 소리. 선생님의 말씀들이 뒤섞여 혼란스럽기 그지없었다. 호흡은 가빠지기 시작했고 그것을 숨기려 노력해 보았지만 내 호흡은 다시 돌아올 기미가 보이지 않았다.

"명아!!"

투둑...투둑...

그때 또 한 번 비가 내리기 시작했다. 이번에는 네가 나를 위해서 내리는 너의 비였다.

"헉...허억..."

"괜찮아. 내 손잡아"

몇 분 동안 박인아의 손을 잡은 채 호흡을 진정시키자 손은 계속해서 떨렸지만 금방 진정이 될 수 있었다.

"고마워... 그리고 저 술 내꺼 아니야."

"알아. 안 그래도 원효아가 그러는 거 봐서 할 일 끝내고 쌤한테 말하러 오던 참이었어. 넌 가서 차에 타 있어. 금방 갈게."

그 말을 끝으로 비는 서서히 멈춰가기 시작했고 나는 버스 위로 올라탔다. 박인아와 원효아가 뭐라 큰소리로 연신 말다툼했지만 아까 인아가 내게 건

넨 이어폰으로 인해 사람들의 소리는 잘 들리지 않았다.

 박인아는 나를 보고 웃으며, 원효아는 나를 째려보며 버스에 올라탔다. 하지만 그것이 내 신경을 건드릴 만큼은 아니었으므로 노래를 마저 들었다.

"명... 명아!"

"어..어?!"

 이어폰을 두 쪽 다 꼽아놓고 볼륨을 높게 맞춰두었더니 박인아가 부르는 소리는 자그맣다 못해 거의 들리지 않았다. 그러므로 이어폰 한쪽을 빼 박인아에게 고개를 돌린 순간, 서로의 얼굴이 너무나 붙어있어 우리는 동시에 고개를 돌리고 말았다.

"무슨 말 했어? 못 들어서"

"아.. 곧 내려야 한대..! 준비 하라고"

"응 고마워"

 얼마나 당황했는지 우리 둘 다 얼굴은 새빨개져서 손을 볼에 갖다 대며 식히느라 급급했다.

'아.... 나 얘 진짜 좋아하나?'

"얘들아 내리자!"

 숙소에 도착하자마자 랜덤으로 배정된 방으로 향했다. 다행히도 원효아와 같은 방은 안되었지만 그 곳에는 낯선 2명이 나의 눈치를 보며 고요함을 이어갔다.

 딱 봐도 모범생에 원효아 눈치를 보는 애들. 나를 싫어하는 원효아 때문에 그 둘은 내게 아무 말도 걸 수 없었다. 게다가 나도 박인아를 빼면 반 애들에게 관심이 없어서 이름조차 알지 못했었다.

"그냥 편하게 있어. 난 거의 밖에만 있을 거니까."

"그... 미안.."

"너희 때문도 아닌데 뭘."

 그 말을 끝으로 밖으로 나와 박인아와 바다 구경을 했다.

"밤바다는 너무 매력적인 것 같아. 저 아래로 잠

기고 싶어져."

"난 아침 바다가 좋아! 빛나잖아~"

한 번의 침묵.

시야는 바다를 향했지만, 마음은 서로를 향해있다는 걸 확신한 듯 밤바다의 분위기를 빌린 박인아는 내게 말을 건넸다.

"명아, 우리 사귈래? 너의 밤바다에 해를 띄워 윤슬로 빛내주고 싶어. 비록 우리가 만난 지는 얼마 안 됐지만 서로의 유대감만큼은 정말 크다 확신해"

다시 한번 침묵. 그다음 말은,

"좋아..."

긍정의 화답. 네 덕에 다시 한번 살 용기를 얻었고 다시 한번 기회를 얻었다.

너만 보면 심장이 요동쳤고 안 보고 있으면 마음속에 새겨지는 글자조차도 너였다.

그런 널 거절할 수 없었기에, 너를 내 세계 안으로

끌어들였다.

"좋아해 박인아"

"나도."

마녀입니다

 마냥 행복할 줄만 알았던 나와 박인아에게는 다른 시련이 오고 있었다.

 원효아네 무리가 우리의 사귄다는 소식을 듣고 찾아와 나를 더욱 괴롭히기 시작한 것이다. 마을 사람들에게도 이상한 소문을 냈는지 내가 원효아와 박인아의 관계를 흐트러뜨리고 박인아를 차지했다는 등 작은 마을에서 나와 박인아에 대한 소문이 돌고 있었다. 그로 인해 사람들은 나를 더욱 경멸하며 보기 시작했고 이제는 직접적으로 마녀라 부르기 시작했다.

"어우.. 저 마녀. 언제 이 마을에서 떠나냐?"
"그니까. 쟤 때문에 우리 효아만 고생하고."
"괜찮아... 명이가 뭘 잘못했다고..."
이런 식으로 혼자 피해자 코스프레를 하는 원효아 때문에 소문은 날이 갈수록 거창해졌다. 그리고,
"아!"
"아 미안. 근데 앞 좀 잘 보지 그랬냐?"
일부러 발을 걸어 넘어뜨리는 애까지 생기고 말았다. 더 이상 이곳에 있으면 나뿐만 아니라 사람들까지 불편해할 것을 알았기에 많은 고민 후 다시 한번 이사를 결심했다.
"인아야."
"응?"
"나 이제 떠나려고. 이곳에 있으면 사람들에게 피해만 주잖아. 앞으로는 여러 곳을 돌아다니면서 비를 피하지 않을 거야"
이렇게 말하면서도 인아와 떨어질 생각을 하니

마음이 찢어질 듯 아파왔다.

"좋다! 역시 명이야. 나도 성인 돼서 자리 잡으면 너 따라다닐래. 비록 지금은 많이 아쉽고 슬프지만 네가 힘들지 않을 수만 있다면 나는 좋아."

"이해해 줘서 고마워. 근데 너나 찾아 올 수 있겠어? 한번 찾아볼 테면 해봐 따라 올 수나 있다면 말이지"

"와 너무해~"

우리의 티키타카는 일상이 되었고 정말 학생다운 풋풋한 연애를 했다.

하지만 이제, 멀어질 시간이 왔다.

새로운 삶

"꼭 편지 써야 해. 명아..."

"요즘 시대에 편지라니... 진짜 안어울려... 그래도 특별히 써보기는 할게"

"그래! 우리 꼭 어른 돼서 다시 보자!"

"당연한 거 아냐? 멋있는 어른 안 돼 있으면 안 된다"

"너도 마찬가지거든?"

떠나는 그 순간까지도 웃음꽃을 피우던 우리는 결국 갈라지게 되었다.

타지에 가서도 너를 향한 그리움과 애틋함, 불안

함이 있었지만 너를 믿었기에 버틸 수 있는 나날이었다.

 우리의 청춘은 이제부터 시작이다. 시간이 두려웠던 나는 이제 시간을 기대하게 되었고 더 이상 멈춘 시간에 얽매이던 예전의 내가 아니었다. 비행기를 타고 여러 곳을 방문했고 이 능력을 살려 나는 비가 너무 많이 오는 곳에 가 비를 멈췄고, 박인아는 비가 너무 안 오는 곳에 가 비를 내렸다. 우리는 서로의 능력을 마음껏 사용했고 이제는 그것을 즐기며 뿌듯함 또한 자아낼 수 있었다.

 너를 너무 그리던 탓일까? 떠나기 전 너와 했던 마지막 말이 떠올랐다.

 "인아야. 우리가 만약 만나지 못했다면 어땠을까?"

 "그 생각부터가 잘못된 거 아닐까? 애초부터 우리는 만나야 했던 퍼즐 조각이었고 그게 드디어 맞춰진 거지"

 "맞네..."

다시 너가 보고 싶지만 이제는 언제든 볼 수 있으니 조금 참아본다.

-띠리링

어떻게 알았는지 이번에도 네가 먼저 내게 다가와 주었고 나는 그런 너를 받아들였다.

"명아! 나 일 끝났어? 어디야?"

"나 좀 멀리 있는데. 우리 숨바꼭질할까?"

"지금 나한테 도전하는 거지? 내가 받아 줄게. 딱 기다려"

어릴 때나 지금이나 한결같은 우리는 서로를 아직 많이 사랑했고 그만큼의 신뢰가 쌓였으며 누구보다도 서로를 잘 알았다.

"찾았다!"

"뭐야. 왜 이렇게 늦어. 좀 더 발전해 봐"

"2시간 만에 온 거면 빨리 온 거거든? 너 저번에 5시간 걸렸던 거 기억 안나?"

"기억안나. 됐고 밥이나 먹자."

"아! 나 예전에 너랑 주고받았던 편지 찾았다?"
"헐 그거 진짜 추억이다. 좀 오글거리긴 한데...이따 같이 보자"
"아 놓고 왔는데"
"박인아!!!"

-인아에게-

 안녕 인아야. 난 지금 다시 서울 근방으로 이사 왔어. 아마 또 곧 이사가겠지만 일단 여기서 편지를 보내.
 우리가 아무리 떨어져 있어도 난 항상 널 그릴 거고 내게 새 삶을 선물해 준 네게 감사를 표할거야. 항상 고맙고 사랑해.
 네가 없었다면, 우리가 만나지 못했다면 아마 나는 밤바다의 매력에 빠져 그곳에서 다시는 나오지 못했을 거야. 나를 심해 속에서 꺼내줘서 고마워. 항상 네게 이런 진심을 전하고 싶었는데 내 말투가 이래서 못 전했네.

 앞으로 우리가 얼마나 오래, 얼마나 멀리 떨어져 있을지 모르지만 하나 확신하는 건 우리의 마음이

비가오면 너와 나는

초판 1쇄 발행 2025년 3월 24일
초판 1쇄 인쇄 2025년 3월 24일

지은이   이혜선

디자인   포레스트 웨일
펴낸이   포레스트 웨일
펴낸곳   포레스트 웨일
출판등록 제2021 - 000014 호
주소   충청남도 아산시 탕정면 용머리길 40 유니콘101 216호
전자우편 forestwhalepublish@naver.com

종이책   979-11-94741-03-9

ⓒ 포레스트 웨일 | 2025

· 이 책은 저작권법에 의하여 보호받는 저작물이므로 무단 전재와 복제를 금합니다.
· 이 책 내용의 전부 또는 일부를 이용하려면 사전에 저작권자와 포레스트 웨일의 서면 동의를 얻어야 합니다.